VENTE
HOTEL DROUOT, SALLE N° 1
Le Mardi 21 Juin 1910
A DEUX HEURES

EXPOSITION PUBLIQUE
Le Lundi 20 Juin 1910
de 2 heures à 6 heures

TABLEAUX
OBJETS D'ART ET D'AMEUBLEMENT
Boiserie de Salon époque Louis XVI
MEUBLES

Mᶜ HIPPOLYTE BONDU
COMMISSAIRE-PRISEUR

M. EMILE BERTIER
EXPERT

C. CHAUFOUR, IMPRIM.
6-8, RUE MILTON, PARIS

CATALOGUE

DES

Objets d'Art & d'Ameublement

PENDULE MARBRE ÉPOQUE LOUIS XVI

Groupe en terre cuite d'après CLODION

TABLEAUX, PASTELS ET GRAVURES
Anciens et Modernes

ŒUVRES DE DESPORTES ET AUTRES

Porcelaines et Faïences

BOISERIE DE SALON ÉPOQUE LOUIS XVI

BOIS SCULPTÉS

Meubles Anciens et Modernes

PIANO

TAPISSERIES ET ÉTOFFES

DONT LA VENTE AURA LIEU

HOTEL DROUOT - SALLE N° 1

Le Mardi 21 Juin 1910

A DEUX HEURES

Mᵉ Hippolyte BONDU	M. Émile BERTIER
COMMISSAIRE-PRISEUR	EXPERT
32, Rue Le Peletier, 32	149, Avenue du Maine, 149

CHEZ LESQUELS SE TROUVE LE CATALOGUE

EXPOSITION PUBLIQUE

Le Lundi 20 Juin 1910, de 2 heures à 6 heures

CONDITIONS DE LA VENTE

La vente aura lieu au comptant.

Les acquéreurs paieront dix pour cent en sus des enchères.

L'exposition mettant le public à même de se rendre compte de l'état et de la nature des objets, il ne sera admis aucune réclamation une fois l'adjudication prononcée.

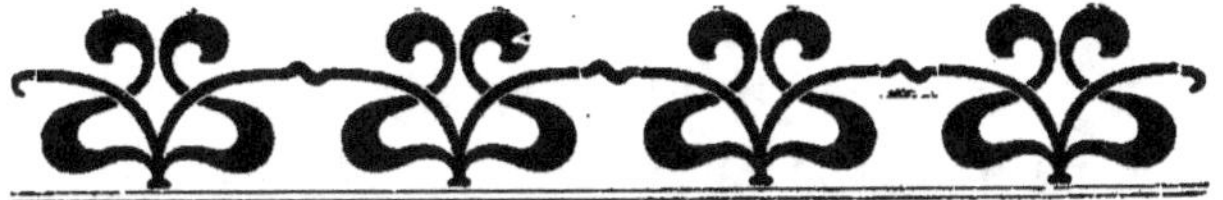

DÉSIGNATION

PEINTURES, AQUARELLES

DESSINS, GRAVURES

ECOLE FLAMANDE

1 — L'Adoration des Rois Mages.

ECOLE FLAMANDE

2 — Rencontre de Diane avec Vénus.

ECOLE FLAMANDE

3 — Paysage boisé dans lequel on voit plusieurs
personnages.

ECOLE FLAMANDE

4 — Portrait d'un docteur.

> Personnage à grande barbe portant un bonnet et des
> vêtements ornés de perles.
> Cadre en bois sculpté et doré.

ECOLE FLAMANDE

5 — Eliézer et Rebecca à la fontaine.

> Composition à nombreux personnages devant une fon-
> taine monumentale fort bien traitée.
> **Panneau sur cuivre.**

RAPHAEL (D'après)

6 — Portrait de Mantegna.

> Au-dessous il porte l'inscription : Andreas Mantegna
> Pict. et Eq.
> Collection du baron de Hammer.

RAPHAEL (D'après)

7 — Portrait de Raphaël.

> Il porte au-dessous l'inscription : Raphael Sanctius
> Urbinas.
> Collection de Hammer.

ECOLE DU GUIDE

8 — Portrait de femme italienne.

> Collection de Hammer.

ECOLE HOLLANDAISE

9 — Plusieurs navires dont un porte le pavillon Français, se trouvant à l'entrée d'un port.

GIANBILLINO

10 — La Vierge et l'Enfant-Jésus au milieu des docteurs.

TITIEN (ECOLE DU)

11 — Portrait de Michel-Ange.

> Peinture sur panneau.
> Cadre ancien en bois sculpté et doré.

LE TITIEN (D'après)

12 — L'Assomption de la Vierge.

ECOLE ITALIENNE

13 — Paysage animé.

ECOLE FRANÇAISE

14 — Portrait de M. de la Guerrinière, maître de cavalerie de Louis XIV.

> Cadre mouluré.

ECOLE FRANÇAISE (Comm. du xviiᵉ siècle)

15 — Portrait de gentilhomme en armure.

LE POUSSIN (Attribué à)

16 — Paysage montagneux garni d'arbres et cou-
ronné d'un château-fort.

RIGAUD (Attribué à)

17 — La Jeunesse et la vieillesse.

> L'une est occupée à sa parure et l'autre en la regardant
> tient dans sa main une tête de mort.
> Cadre en bois sculpté et doré.
> Ce tableau provient de l'ancienne collection du baron
> de Hammer

DUMONT LE ROMAIN

18 — Enlèvement de Déjanire par le Centaure
Nessus.

> Cadre en bois sculpté et doré.

DE HEEM

19 — Raisins, pêches, citron, groseilles, cerises dans
un plat posé sur une table à côté d'un verre et
d'une bouteille.

20 — Lièvre, perdreau et chien dans un parc.

> Signé Desportes, à gauche.

21 — Héron et canards au bord d'un ruisseau.

> Suite du précédent.

ECOLE FRANÇAISE

22 — Melon, raisins, pommes, figues, sur une table.

ECOLE FRANÇAISE

23 — Poires, pommes, figues, raisins et grenades.

> Pendant du précédent.

ECOLE FRANÇAISE

24 — Portrait de jeune fille portant une robe bleue
et tenant dans ses mains une guirlande de fleurs.

ECOLE FRANÇAISE

25 — Portrait de femme époque Louis XIV.

ECOLE FRANÇAISE DU XVIIIe SIÈCLE

26 — Pastorale.

ECOLE FRANÇAISE

27 — Bacchant et Bacchantes dans un parc.

ECOLE FRANÇAISE

28 — Portait de femme.

29 — Portrait de jeune femme.
Cadre ovale.

ECOLE FRANÇAISE

30 — Portrait de jeune femme.
Pastel.

31 — Portrait de femme.
Pastel cadre de style Louis XVI.

32 — Tête de femme.
Pastel.

DAUBIGNY (attribué à)

33 — Paysage.

DREUX (genre de)

34 — La Chasse à Courre.

GONTIER

35 — Scène de Cabaret.

TREBUH

36 — Portrait de gentilhomme Louis XIII

NICOLIE

37 — Intérieur d'Eglise.

38 — Quatre gravures anciennes : Les Eléments.

39 — Deux gravures en couleur : La mère qui inter-
cède et le Retour désiré.

> Seront divisées.

40 — Lot de dessins et gravures par Debucourt;
Jazet, Chardin, Nodet, Corot, Rousseau, etc.

> Ce lot sera divisé.

HILDEBRANDT

41 — Barques de pêche.

> Aquarelle.
> Pendent du précédent.

HILDEBRANDT

42 — Pêcheur dans son intérieur.

> Aquarelle.
> Pendant du précédent.

PORCELAINES FAIENCES

OBJETS DIVERS

43 — Deux tasses et soucoupes en porcelaine de
Chine.

44 — Theière en ancienne porcelaine de Chine.

45 — Quatre plats porcelaine du Japon.

> Seront divisés.

46 — Grand plat en porcelaine du Japon à décor de
fleurs et feuillages en bleu, rouge et or.

BOISERIE DE SALON ÉPOQUE LOUIS XVI

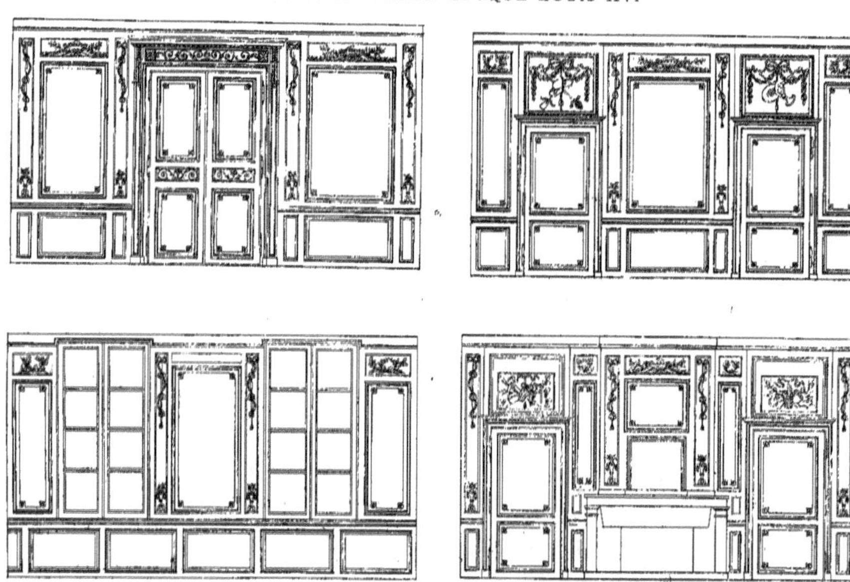

47 — Deux plats en porcelaine de l'ancienne Compagnie des Indes.

48 — Paire de vases de la Compagnie des Indes.

49 — Lot de petits vases en ancienne porcelaine de la Compagnie des Indes.

5o — Petit poêlon en porcelaine portant la marque de Sèvres décor de bouquets de fleurs.

51 — Sucrier en ancienne porcelaine de Paris décoré or.

52 — Cinq statuettes en porcelaine de Saxe.
(Pourront être divisées).

53 — Service à café en ancienne porcelaine d'Allemagne, décor à paysages.

54 — Petit sucrier en porcelaine de Saxe.

55 — Etui en porcelaine d'Allemagne.

56 — Montre Directoire émaillée, cadran entouré de jargons.

57 — Statuette en porcelaine allemande.

58 — Deux grands vases de Sèvres fond bleu à réserve contenant des Episodes des Guerres du Premier Empire, montures en bronze.

59 — Bouteille à long col en porcelaine de Chine bleue décorée or.

6o — Bouteille à long col décorée de paysages et personnages.

61 — Deux plats en faïence de Rouen.
Seront divisés.

62 — Plat en faïence de Delft.

63 — Plat en faïence du Midi.

64 — Plat en faïence de Rhodes à décors variés.

65 — Lot de faïences anciennes.
    Sera divisé.

66 — Vasque en faïence ornée de fleurs.

67 — Deux carafons en ancien cristal taillé.

68 — Vingt verres de bohême verts.

69 — Deux éléphants en porcelaine blanche sur terrasse en bronze.
    Seront séparés.

70 — Encrier en laque de Chine, monture en bronze et fleurettes en porcelaine de Saxe.

71 — Quatre plats en étain.

72 — Deux plats anciens en étain et un pichet.

73 — Quatre petits vases en biscuit.

74 — Boîte à jeu à quatre compartiments en bois laqué.

75 — Deux ombrelles en dentelle blanche, manches en pierres de couleur.

76 — Mandoline ancienne.

77 — Fusil allemand du xvie siècle incrusté d'ivoire gravé à sujets de chasse.

78 — Autre fusil allemand de même époque

BRONZES D'ART
ET D'AMEUBLEMENT
TERRE CUITE· — MARBRE

79 — Pendule en marbre blanc et gris en forme de
portique soutenu par des consoles à volutes et
orné de motifs en bronze doré. Le cadran signé
MANIERE, à Paris, est surmonté d'un aigle. Base
en marbre noir ornée d'un bas-relief en bronze
doré. Époque Louis XVI.

80 — Pendule en bronze doré surmonté d'un sujet
en bronze à patine brune représentant Hercule.
Époque Empire.

81 — Groupe en bronze à patine brune représentant
sainte Marthe.

82 — Deux lampadaires en émail cloisonné de la
Chine, montés à l'électricité.

83 — Deux bustes de Bacchantes en bronze.
Édition de BARBEDIENNE.

84 — Roméo et Juliette, de CARRIER-BELLEUSE.
Bronze de la Maison DENIÈRE.

85 — Le Chanteur Florentin, de DUBOIS.
Éd·tion de BARBEDIENNE.

86 — Vénus, de PRADIER.
Bronze de la Maison SUSSE.

87 — Chenêts de style Louis XV à volutes et à
personnages.

88 — Garniture de foyer en bronze, de style Renais-
sance.

88 *bis* — Surtout de table avec glace.

89 — Statue en marbre blanc représentant Pandore.

90 — Nymphe et Bacchant, d'après CLODION.
Groupe en terre cuite.

MEUBLES

ANCIENS ET MODERNES
BOIS SCULPTÉS

91 — Boiserie de salon de l'Époque Louis XVI, sculptée et peinte en gris, mesurant environ 22 mètres de longueur sur 3^{m}10 de hauteur.

92 — Groupe de dix personnages en buis sculpté représentant la Mise au Tombeau, xviie siècle.

93 — Cinq colonnes en bois sculpté peint gris et doré.

94 — Deux glaces cadres bois sculpté. Époque Louis XVI.

95 — Cabinet chinois à deux vantaux et six tiroirs à l'intérieur.

96 — Écran.

97 — Deux cadres ovales en bois sculpté et doré. Époque Louis XIV.

98 — Support en bois sculpté et doré du xviiie siècle.

99 — Glace à fronton en bois sculpté et doré. Époque Louis XVI.

100 — Petit cadre en bois doré. Époque Louis XVI.

101 — Christ en bois sculpté.

102 — Glace Louis XVI.

103 — Chaise Louis XIII recouverte de tapisserie ancienne au point à dessins de fleurs, fruits et
feuillages.

104 — Grand cadre de style Louis XV en bois sculpté
et doré.

105 — Tabouret Louis XVI en bois sculpté et doré,
recouvert de damas rouge.

106 — Chaise en bois sculpté et doré garnie de velours
frappé. Style Louis XV.

107 — Fauteuil de style Louis XVI en bois sculpté et
doré garni de tapisserie d'Aubusson à sujets
d'après Casanova.

108 — Quatre fauteuils Louis XV.
      Seront divisés.

109 — Dix chaises en bois sculpté à balustres.
      Saront divisés.

110 — Glace Louis XV, cadre en bois sculpté et peint
en gris.

111 — Glace Louis XVI, cadre en bois sculpté et
peint.

112 — Table-vitrine bois doré.

113 — Bergère en acajou d'époque Empire garnie de
satin broché à couronnes sur fond cerise.

114 — Commode d'époque Louis XV à deux tiroirs
en bois de placage et garnie de bronzes. Dessus
marbre.

115 — Commode Louis XV en marqueterie garnie de bronzes.

116 — Petit bureau de dame à tiroirs et casiers, incrusté de marqueterie.

117 — Bibliothèque en acajou garnie de bronzes. Epoque Empire.

118 — Console Empire en acajou garnie de bronzes et à fond de glace.

119 — Commode hollandaise à quatre tiroirs, marqueterie en bois de couleur. Epoque Louis XV.

120 — Table de nuit ancienne.

121 — Meuble-crédence en bois sculpté à deux portes et deux tiroirs. XVe siècle.

122 — Bergère de Style Louis XVI, en bois sculpté et doré recouverte en tapisserie d'Aubusson à vases de fleurs.

123 — Meuble de salon, en bois sculpté et doré garni de lampas composé de : un canapé, trois fauteuils et un pouff pour former chaise longue.

124 — Piano en palissandre. marque de Gaidon.

ETOFFES ET TAPISSERIES

125 — Trois pièces étoffe de soie rouge brodée de dragons or.

Seront divisées,

126 — Panneau brodé or sur soie rouge vieux Chine.

127 — Panneau ancien de soie bleu brodée or de la Chine.

128 — Lot de 9 morceaux de satin crême brodés de cornes d'abondance lamés d'argent et de fleurs, feuillages, pampres en soie de différentes couleurs, XVIIIe siècle.

129 — Six morceaux de satin rose brochés et lamés orués de bouquets de fleurs et feuillages.

130 — Tapis point de Hongrie XVIIe siècle.

131 — Trois morceaux de tapisseries à personnages.
Seront divisées.

132 — Objets omis.

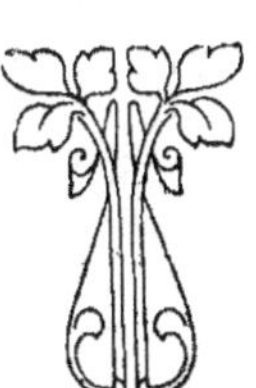

IMPRIMERIE
C. CHAUFOUR
8-10, RUE MILTON
PARIS

BOISERIES D'UN SALON

ÉPOQUE LOUIS XVI

Ces boiseries ont été trouvées dans le salon d'une maison de Saint-Quentin où, selon toute probabilité, elles avaient été posées sous l'Empire.

D'après les renseignements que l'on a pu avoir, elles proviendraient d'une abbaye de moines très mondains de l'ordre des Prémontrés qui existait à Vermand à l'époque de la Révolution.